RELÈVE LA TÊTE

— Poésie —

RECUEIL

RELÈVE LA TÊTE

Milie SACHIKO

ECHO Editions
www.echo-editions.fr

Direction artistique : Émilie COURTS

Photo de couverture : EC Média

ISBN : 978-2-381020-80-8

Préface

Bienvenue dans mon monde.

L'écriture m'accompagne depuis que je suis gamine. J'étais une petite fille, anxieuse, timide et réservée et écrire fut une échappatoire. Je passais mon temps sur des forums d'écriture et mon loisir est très vite devenu une passion. Plus tard mon anxiété s'est empirée provoquant une anorexie mentale sévère. Je suis passée d'hôpital en hôpital, de calvaires en souffrances. L'écriture m'a permis de tenir durant cette période. En 2013 je suis sortie de l'hôpital psychiatrique et je suis tombée dans la boulimie. J'ai vécu un an à faire des crises pratiquement tous les jours. J'ai pris 40 kilos. J'étais au fond du gouffre. J'avais perdu le contrôle. Et écrire m'a paru bien dérisoire.

Je suis tombée très bas moralement et je me mettais sans cesse en danger. Je buvais jusqu'au coma éthylique, j'ai connu les tentatives de suicide et je me scarifiais constamment. Après plusieurs séjours au Centre d'accueil et de crise, après des crises de nerfs à répétition, mes parents se sont retrouvés contraints de signer une hospitalisation à la demande d'un tiers et au bout de 5 ans de souffrance, on m'a diagnostiqué borderline.

C'est encore un trouble psychiatrique mal connu, mais terriblement handicapant. Et c'était l'explication de mon comportement autodestructeur de ces 5 dernières années. J'ai été hospitalisée durant plusieurs mois et pendant ce séjour, j'ai rencontré une psychologue qui m'a poussé à écrire de nouveaux textes — parce que j'avais arrêté à cause du manque de confiance en moi. De plus je trouvais mes écrits toujours médiocres. À chaque début d'entretien, je lui lisais un de mes poèmes. Écrire a, certes, toujours été ma passion, mais c'est cette psychologue qui m'a prouvé que je pouvais en faire quelque chose, une thérapie, un exutoire, un art. Depuis je n'ai pas cessé d'écrire.

Mes textes parlent de mon expérience et de tout ce qui me touche de manière générale. Je souhaite les partager avec vous non pas par égocentrisme, mais pour que mon combat ne soit pas vain. Je n'ai pas la prétention de dire que j'ai du talent ou que mes textes sont fabuleux. Je veux juste vous faire part de ce que j'ai vécu. Alors oui, ça reste des textes bruts et personnels, mais je souhaite vraiment que vous y voyiez une lutte, une force, une rage de vaincre.

Merci à tous ceux qui me liront !

1. Le balbutiement

Déchéance

La ritournelle

J'ai envie de te voir devant moi
De pouvoir te serrer dans mes bras
J'ai envie que tu ne sois rien qu'à moi
Et ne plus cacher nos ébats

Tu sais c'est comme une ritournelle
Qui tourne sans cesse dans ma tête
Elle part en vrille, trompe l'éternel
Pas une main tendue ne l'arrête

Un jour je t'offrirais un toit
Où tu pourras fumer des joints
Je surveillerais tes petits doigts
Qui se baladeront sur ma main

Je te promets des heures heureuses
Blottie dans mes bras protecteurs
Ensemble on trompera la faucheuse
Et on terrassera la terreur

Fais-moi confiance rien qu'une fois
Je ne peux chasser tes démons
Mais je peux chasser l'effroi
De tes yeux au regard profond

Je couvrirais tes poignets abîmés
Parsemés de cicatrices anciennes
Par des milliers de baisers
Et pour toujours tu seras reine

Mais ceci n'est qu'une ritournelle
Qui se répète dans ma tête
Ce n'est qu'une chanson irréelle
J'ai perdu le goût de la fête

Guerrier

J'ai une telle soif de liberté
Un peu comme une hirondelle
Mes chaînes, je vais les briser
Et déployer enfin mes ailes

Je retrouve alors ma pagaie
Et je récupère mon radeau
J'avancerais, oui, apaisée
Sous la mélopée des oiseaux

Un jour je ne serais plus seule
Et je me laisserais guider
Poser les peurs sur le linceul
Et continuer d'avancer

J'ai chuté tellement de fois
Et je ne marche pas toujours droit
C'est la folie que je côtoie
Ce sont les murs qui font la loi

Surtout, ne te laisse pas happer
Par de vils démons intérieurs
J'apprendrais à les terrasser
Et mon esprit défie la peur

Je veux cesser de fantasmer
Et faire terre rase de la souffrance
Je toucherais du doigt la liberté
Si je laisse choir enfin l'errance

Détruire comme un miroir

Voir les gens sourire me dégoûte
Entendre leurs rires m'insupporte
Si vous saviez ce que ça me coûte
De mon monde, je ferme la porte

Je m'isole toujours un peu plus
Je ferme les yeux, bouche mes oreilles
Leur bonheur toute entière, m'use
Me malmène dès mon réveil

Je passe ma vie à me morfondre
Je n'ai plus le courage de me battre
Les fondations autour, s'effondrent
La poussière remplace le plâtre

Je n'ai personne sur qui compter
Il n'y a que moi, que moi, que moi
Pourquoi je souhaite tant m'obstiner
À croire au destin comme un roi

Pour moi tout ça ne vaut plus rien
Je veux me détruire en silence
J'attends qu'on me tende la main
Je vois le vide et je m'élance

Je me descends deux trois bouteilles
D'abord du vin puis du whisky
Seule, je frôle le pays des Merveilles
Là-bas je ne suis plus meurtrie

Plus rien ne compte, plus rien n'existe
Je profite de cet instant de torpeur
Adieu pour un temps, la défaitiste
Je suis vivante, je n'ai plus peur

Tout ça depuis ce fameux soir
Où le monde entier a fait en sorte
De me noyer dans le désespoir
Et j'ai fini par faire la morte
Et me détruire comme un miroir

Ton actrice

Tu avais promis de m'attendre
Tu me dessinais un avenir
Tu m'as serré de tes bras tendres
Comme pour, apaiser mes soupirs

Je suis partie une seule semaine
C'était pour mon bien, tu savais
Prisonnière entre ces murs blêmes
Je n'espérais que te retrouver

J'ai passé des heures à attendre
Un appel qui viendrait de toi
Mais voyant les heures se fendre
Je l'avais deviné, je crois

Mes soupçons se sont confirmés
Quand je t'ai vu balayer de la main
Les chemins dont nous avions rêvé
Seuls ou ensemble face au ravin

J'ignorais qui tu étais vraiment
Avec tes promesses à outrance
Tu plongeais mon être en sang
Là où la paix n'était qu'errance

J'ai sauté dans le précipice
Espérant que tu me retiennes
Tu as fait de moi ton actrice
Je n'ai pour toi que de la peine

J'étais pas prête

J'étais pas prête, tu sais
J'étais trop jeune, bébé
Rêveuse et insouciante
Ton petit cœur me hante

Je pense à toi tout le temps
Mais c'était pas prévu
Je fais couler le sang
Ton absence me tue

C'est arrivé un soir
Où je n'étais pas moi
Rempli de désespoir
Je succombe à l'émoi

J'étais pas prête, tu sais
Rongée par l'addiction
Je m'autodétruisais
Bouffée par l'érosion

Je rêvais de chanter
D'être connue, tu sais
Mais avec toi, bébé
Mes espoirs s'envolaient

Je prenais de la drogue
J'en étais dépendante
Pas de place au dialogue
Je voulais être brillante

Comme un tas de papier
Tout pouvait s'envoler
J'étais pas prête, tu sais
Je le regrette, bébé

Errance

La peur me bousille de l'intérieur
Je crache la rage qui me dévore
Les battements de mon cœur
Doucement, s'épuisent d'effort

Ma joie est peu à peu anéantie
La lutte ne me convient plus
Les gens sont des hypocrites éblouis
Artifices d'une société déchue

Hélas, je ne suis qu'un humain perdu
Qui rêve d'un monde en couleurs
Mais l'impuissance grésille ma vue
Et je me noie dans la noirceur

L'enfant en moi n'est pas guéri
J'entends qu'elle ne cesse de pleurer
Ça me pousse vers des vices enfouis
Pour la faire taire, la consoler

Je n'ai trouvé comme solution
Que de m'enterrer au plus profond
J'ai toujours éprouvé fascination
Pour cette fuite, quelle désillusion !

Alors je ne cesse de tomber
Si bas que même si j'essayais
Je ne pourrais pas me relever
Je n'aurais d'autres choix que creuser

Je me suis tellement démolie
Que j'ai fini par oublier
L'existence même de mon esprit
Qui finalement s'est lacéré

Vise l'infini

Je suis de nouveau enfermée
Je n'ai pourtant rien demandé
Autour, tout transpire la folie
Je ne perçois pas de sortie

Je danse un slow avec l'enfer
J'ai même rencontré Lucifer
Parmi les autres, je dois me taire
Ils ne comprennent pas ma colère

Le ciel semble tellement lointain
Dans nos lits un peu enfantins
A-t-on nous toujours un destin ?
Nous les débauchés du quatrain

Je tends la main à droite à gauche
Avant que le système ne fauche
Les gens qui ont encore l'espoir
De voir briller les astres le soir

Cessez donc d'être insultants
Nous sommes certes un peu différents
Des êtres à part, un peu sans vie
Des esprits qui visent l'infini

Tu sais Maman

Tu sais Maman,

C'est pas vraiment ma faute
Si je te fais tant de mal
J'aurais voulu être autre
Pour t'éviter ce râle

La souffrance me domine
Je ne sais plus tellement
Comment l'amour culmine
Au-dessus du néant

Tu sais Maman,

Tu ne peux m'en vouloir
De ne pas aimer la vie
Je partirais ce soir
Tu sais j'en ai envie

Je me suis dit sans moi
Tu feras fuir la douleur
Je me suis dit sans moi
Tu connaîtras le bonheur

Tu sais Maman,

La mort m'appelle à elle
Je n'entends que sa voix
Toi, Maman l'immortelle
Aime-moi une encore une fois

Pardonne-moi Maman
De tuer ton enfant
Pardonne-moi Maman
Je m'en vais en souffrant

Cynthia

Alors que j'errais dans Paris
Je l'ai croisé au détour d'une allée
Sa beauté, de suite, m'a ébloui
Tant ça se voyait qu'elle souffrait

Pour te dire, elle faisait le trottoir
Dans un accoutrement ridicule
Elle jouait un rôle tous les soirs
Puis elle se terrait dans sa bulle

Je n'ai pu résister à ce visage
Je me fichais de la mettre à nue
Elle m'a fait un peu de racolage
Avant que je ne la tire de sa rue

Ses cheveux noirs charbonneux
Au gré du vent, au gré du temps
Semblaient défier les rêves affreux
De ces Hommes un peu méfiants

Puis elle m'a pris dans ses bras
J'ai senti ses côtes sous mes doigts
Son petit corps reniait tout ça
Elle tremblait de peur et de froid

J'ai été surprise par une larme
Qui lentement glissa sur sa joue
Elle semblait baisser les armes
Et s'abandonner dans mon cou

Elle me guida à tâtons dans le noir
Pour rejoindre son abri
Ça empestait le désespoir
Elle menait une bien triste vie

Elle m'adressa un faible sourire
Teinté de honte pour toujours
Elle ne voulait pas mourir
Mais comment la percer à jour ?

Je la pris alors par la main
Pour lui faire quitter cet enfer
Je voulais lui offrir un avenir
Et consoler ses crises de nerfs

J'ai compris que j'étais amoureuse
De ce tout petit bout de femme
Je souhaitais tant la rendre heureuse
Et la voir retrouver son âme

Après une nuit d'ébats
Elle avait sans surprise disparu
Elle souhaitait retrouver l'état
De la petite fille perdue

Aujourd'hui tous les jours je vais voir
Les prostituées de la rue Clément
En espérant l'apercevoir
Et la voir sourire sincèrement

Abandon

Je ne leur en ai jamais voulu
Ils se sont persuadés du contraire
J'avoue oui, parfois, ils m'ont vu
Dans des états mortifères

Ce n'était en rien de leur faute
C'est moi que la vie a rejeté
C'est vrai parfois je dénote
Avec ma démarche de biais

J'aurais tellement voulu
Qu'ils puissent être fiers de moi
Mais il aurait d'abord fallu
Que moi aussi j'y crois

Ma plus grande crainte est là
Ils vont m'abandonner
Ils ne veulent plus de ça
Et je ne peux lutter !

Je me demande encore
Comment ai-je pu déraper
Et faire planer la mort
Sur notre cocon de sérénité

Au final ils ont raison
De ne plus vouloir de moi
Sans le vouloir à tâtons
J'ai parsemé le désarroi

Mais comme une enfant
Je perds ce qui est rassurant
Je claque des dents, lentement
Taire l'angoisse qui m'éprends

J'ai peur, oui, j'ai peur
L'avenir n'est plus possible
Je transpire le malheur
L'amour n'est pas possible

Me sentir libre

Je refuse d'être prisonnière de la vie
Je veux quelque chose de palpitant
Qu'un seul désir, qu'une seule envie
Celle de ne plus être une enfant

Je refuse d'une existence toute tracée
Prendre des recoins, des détours
Mon esprit, mon âme veulent jouer
Hélas la peur m'envahit, toujours

Oui j'aimerais tant me libérer
Mais je n'ose envisager
Tout cet amas de responsabilités
Qui me fait peur, me lie les pieds

L'horreur du monde altéré
Par un regard d'adulte blasé
Je veux rester émerveillée
Mais je côtoie les anges brisés

L'épopée est semée d'embûches
L'enfant meurtri est terrifié
L'adulte tente, mais trébuche
Mais où est donc la liberté ?

On ne se libère jamais du chaos
Il résonne tonitruant dans le cœur
Alors ils ne restent que les mots
Pour étayer l'immense douleur

Vivre avec

Enfin prendre conscience
Qu'on est dans le déni
Sortir de l'innocence
Et faire face à la vie

Bien sûr domine la peur
Depuis plusieurs années
Porte clairement en horreur
Le fait de l'avouer

Prendre l'habitude de fuir
Face à ce qui tétanise
Et finir par détruire
Un corps qu'on martyrise

La peur du néant
Se remplir le ventre
Ne plus sentir les aliments
Glisser dans l'obscur antre

À chaque larme ravalée
Une entaille sur le bras
À chaque colère cachée
Un bon verre de vodka

Il faut vivre avec
Accepter ses faiblesses
Il faut vivre avec
Accepter l'injustice
Il faut vivre avec
Accepter d'être humain

Le monstre

Je marche entourée de remparts
Seule dans un monde un peu à part
Je remarque au loin les humains
Mais je n'ose pas leur tendre la main

Prisonnière de mes émotions
Je dessine le corps à ma façon
Mes bras ; l'écrit de ma souffrance
Sont le symbole de mon errance

J'essaie en vain de faire un pas
Vers celui qui apprivoisera
Le petit monstre dans ma tête
Lui, qui s'amuse de mes défaites

Je n'ai hélas aucun pouvoir
Sur sa soif infinie de déboires
Pour l'instant je le tiens caché
Mais bientôt il va exploser

La nuit est calme quand il s'endort
Je suis sereine, il fait le mort
Mais il sort toujours du sommeil
Et profite de mes peurs en éveil

Il est en moi depuis longtemps
Et il aime voir couler le sang
Je suis si souvent démunie
Je me réfugie dans mon lit

Mais je veux le garder en vie
Parce qu'il reste mon seul ami
Sans lui je suis peu perdue
Et parfois même un peu toute nue

L'ange

Je voulais m'effacer à tout prix
Disparaître, m'envoler ou m'enfuir
Je m'obstinais à rejeter la vie
Et je rêvais tant de mourir

J'ai traversé bien trop d'épreuves
Plus rien ne me rendait heureuse
Il me fallait faire peau neuve
Pour accepter d'être rêveuse

Je passais mon temps à lutter
Puis j'ai fini par entendre ta voix
C'était le son de la liberté
Et tu m'en as montré la voie

Tu es arrivée comme un ange
Comme un murmure, une promesse
J'ai compris qu'il fallait que je range
Tout ce qui suscitait la détresse

Tu sais tu m'as donné la force
De m'assumer et d'avancer
Tes chansons sont l'écorce
D'un chaos équilibré

J'ai besoin d'admirer
Et parfois même d'idolâtrer
C'est ma manière d'exister
Et le soir je me laisse rêver

J'espère un jour te rencontrer
Pour te dire que tu m'as sauvé
Pour toi je me laisse exister
Sans toi l'éternité me happait

Alors merci mon petit ange
Merci d'être et de chanter
Alors merci petit ange
Pour ta belle intranquillité

La Vénitienne

Sa peau calleuse entre mes doigts
S'effrite sur le son des guitares
Étoile brillante crée son émoi
L'équipage largue les amarres

Sur la nuit noire, le soleil coule
Elle s'éternise sur mon épaule
Refuse de faire partie du moule
Elle s'amuse et inverse les rôles

Au loin un phare éclaire nos routes
Et illumine son doux visage
L'ivresse du temps mêlé aux doutes
Elle nous promène dans son sillage

Elle danse sur le pont du démon
Souffre en silence et pleure d'amour
Volage et libre, pleine d'émotions
Elle attend le lever du jour

Une odeur de vodka dans l'air
Ses bras se mouvent au gré du vent
On peut dire qu'elle sait y faire
Et qu'elle suscite émerveillement

Ils finissaient tous par rêver
De l'avoir pour l'éternité
Mais, si avide de liberté
À l'aube elle s'était envolée

Écrire

Le tourbillon qui agonise
À l'intérieur du corps
Et détruit tous ceux qui misent
Sur leur possible mort

La vie est détestable
Pour les êtres à genoux
Toujours un peu bancale
Ils acceptent les coups

Alors ils les encaissent
Et tentent de se taire
Sans faire preuve de faiblesse
Ils savent comment y faire

Se raccrocher à l'art
Plutôt qu'à l'addiction
Lorsque tout semble trop tard
Des poèmes, des frissons

La créativité, l'essence
Des cerveaux abîmés
Elle fait fuir la déchéance
Leur permet d'exister

Les dessins et peintures
Sont leurs armes et leurs cris
S'exprimer est si dur
Quand les mots manquent de vie

Prisonnière

Prisonnière d'un gouffre
Aucune main à attraper
Une voix murmure *souffre*
Pour ta liberté

Pauvres âmes blessées
Dont le seul recours
Est d'attraper la clé
Qui leur promet l'amour

La voix de la souffrance
Paraît si rassurante
Celle de la déchéance
Encore plus apaisante

Un râle, et tous tombent
Mouche morte, désillusion
Elle a lâché la bombe
D'une vie sans passion

Temps passé, oublié
Où tout le monde riait noir
Lorsqu'un seul chutait
Infernal désespoir

C'est comme un rituel
De connaître l'échec
Rien ne paraît réel
Pourtant on vit avec

Un jour ils réaliseront
Qu'eux aussi ont le droit
D'être heureux à foison
Peu importe ce qu'ils croient

L'amour bout à bout

Elle se consume comme une cigarette
Sous mes doigts un peu abîmés
Passion dévorante, tête à tête
Se détruire puis se raccrocher

La peur s'étiole sur son corps
Femme aimée et femme libérée
Le sombre et cruel destin dort
Pour qu'elles puissent encore s'arracher

Fusion des êtres et fusion des âmes
Elle abîme son visage d'argent
Imminente arrivée du tram
Qui lui vole l'ange dont elle dépend

Cri rauque et pleurs incessants
Elles se détruisent mutuellement
L'ange sourit, la main se détend
Abandon du petit enfant

Elle sait qu'elle retrouvera l'ange
Le jour où celle-ci décidera
De revenir s'étendre sur ses langes
Auprès de l'être qu'elle chérira

Fuite en avant, l'amour fait peur
Elle préfère souffrir en silence
S'oubliant dans la chimère des heures
Pendant lesquelles l'ange danse

Dégradation de l'entité
Le soleil ne brille que pour nous
Dégradation de l'entité
L'amour nous a rendus fous
Oubli dans ce filtre si doux
Qu'est l'amour mis bout à bout

Déclin

Tristesses inouïes et terreurs nocturnes
Le corps en sueur lutte contre l'écume
Cauchemar récurent d'une vie oubliée
Elle voudrait, ô oui, tant se libérer

Elle étend sa voix en haut du sommet
Attirée par le vide, elle se voit sauter
Cris miséricordieux, prières de son âme
Elle a peur de ce qu'elle déclame

Le chant d'un oiseau décline
Au loin l'enfant met fin à sa comptine
Tout autour d'elle semble défaillir
À quoi bon s'obstiner à fuir ?

Pourtant elle s'en va mourir
Parce qu'elle ne veut plus grandir
Elle sombre dans un profond sommeil
Et absolument rien ne la réveille

Mais de sa léthargie une voix la tire
Elle n'est plus ce bonhomme en cire
Une fureur de vivre anime son cœur
Et elle veut faire cesser la douleur

Énorme gouffre qu'elle croyait sans fin
Elle en avait même perdu la faim
Ceux qu'elle prénomme ses anges
L'aident enfin à prendre sa revanche !

C'est pour elle la fin du déclin
Elle qui ne croyait plus en rien
Est désormais affamée d'exister
Sans peur des rêves cassés

Arrête !

Regarde-moi, je t'en prie
Pose cette lame et vis !
Tu mérites pas tout ça
Regarde un peu tes bras

Dis pas que t'es nulle
Tu es si jolie, c'est ridicule
Pose ta main dans la mienne
Ton sourire guérit ma peine

T'es pas seule, crois-moi
Je serais là toujours pour toi
Moi je t'entends crier la nuit
Et je viens consoler tes cris

S'il te plaît, bombe le torse
Montre à tes démons ta force
À ces minables de l'intérieur
Qui t'ont fait mal et t'ont fait peur

Tes mains s'élèveront avec fierté
On sera ensemble à lutter
Oui c'est vrai je te le promets
Désormais cesse de pleurer

Oui pose cette lame petit ange
Viens te blottir dans mes langes
Ouvrons le tiroir du bonheur
À deux on vaincra ta douleur

Imposture

J'ai beau creuser au plus profond
J'ai cette sensation étouffante
De n'être qu'une poupée en carton
Si vulnérable, si différente

Je me façonne selon les gens
Que je vais devoir côtoyer
Je ne connais que le changement
Je n'ai aucune liberté

Mes journées pleines d'occupations
Évitent les remises en question
Les doutes, les incompréhensions
Et la peur à profusion

Parfois j'ai ce sentiment
De n'être qu'une simple spectatrice
Face à un temps pas assez lent
Je suis devenue factice

La société actuelle est mensonge
Et fait de ma vie une épreuve
Je lutte, mais je vis de songes
J'ai fini par oublier la manœuvre

Toujours un peu à l'écart
D'un monde beaucoup trop triste
Aux yeux des autres je suis bizarre
C'est pas ma faute si j'aime le risque

J'ai dû protéger mon esprit
De ces gens malsains et cruels
Afin de ne plus pleurer dans mon lit
De ces idées antagonistes

Dans tout ça je me suis perdue
Et j'ai une tonne d'éraflures
J'ignore le danger encouru
Alors j'avance dans l'imposture

Toujours debout

Je veux oublier pour toujours
Puisque nous sommes toujours debout
La vie a retrouvé son cours
Et un équilibre assez doux

Nous nous arrêtons de vaciller
Sur un fil à la résistance précaire
L'existence n'est pas un jouet
Que l'on peut enfoncer sous terre

Les sourires tristes, un peu inquiets
Semaient le trouble dans la folie
Le doute est l'essence de la vérité
Nous nous étions gourés de vie

Dans un sursaut un peu fébrile
La beauté est apparue à nous
Elle nous a aveuglés, menés à l'exil
Elle nous a effleuré le cou

Brusque élan vital, dernière chance
De recouvrer un cœur qui bat
Et de cesser la déchéance
Pour peut-être gagner le combat

Je veux seulement me souvenir
Du pouvoir qu'on a tous à l'intérieur
De transformer notre avenir
Avec la seule force de notre cœur

La poupée qui a mal

Le soleil qui brille ne réchauffe plus la peau
De la poupée en pleurs
Tout ce qui autrefois semblait si beau
Ne paraît que douleur

Un mur infranchissable se dresse devant elle
Et lui arrache un râle
Elle refuse de perdre à nouveau ses ailes
La poupée qui a mal

Elle ne parvient plus à rester assise
Autour d'une table
Elle n'est pas bête, elle sait qu'elle s'enlise
Mais elle reste aimable

Dans un monde parallèle où les roses sont noires
Elle ne ressent plus rien
Pourtant elle continue de se battre et d'y croire
En son possible dessein

Tous les jours elle a les yeux emplis de rêves
Ponctués de paillettes
Et chaque fois dans le noir sa voix s'élève
Elle récite le bonheur en recette

Chaque jour elle se lève en chantant
La poupée qui a mal
La terre tourne autour de la jeune enfant
Qui sa détresse avale

Parce qu'au fond elle y croit
Elle se redresse et crie
« C'est moi qui fait la loi,
Tu n'auras pas ma vie ! »

S'oublier

Même la plus efficace des armes
Ne vient pas toujours à bout du désordre
Rapidement, l'enfant tire l'alarme
Le monstre pourrait la mordre

Elle est tout et rien à la fois
Comme un nuage d'électrons libres
Ne pas se faire une place à soi
Et c'est sous ses pieds que le sol vibre

Spectatrice d'une effervescence
À laquelle elle ne peut appartenir
Le plus douloureux, c'est l'errance
D'un être qu'on ne sait pas lire

La ville jolie et libre, brûle
Son cœur ne retrouve plus d'attache
Elle s'éloigne dans sa petite bulle
Consolation factice d'une lâche

Anesthésie totale d'un être
Qui vacille dans une société qui boite
Où est l'équilibre du mal-être ?
Cloîtré dans un corps un peu moite

Non ce n'est pas du pessimisme
Mauvaise volonté ou complaisance
Elle vit dans le mimétisme
Pour que ses blessures, elle panse

Mais dans sa lutte qui semble sans fin
Elle apprendra que l'écriture
Pourra lui faire tellement de bien
Et s'oublier sans fioritures

Admiration

Nos mains dansaient l'une contre l'autre
Nos corps mouvants feignaient de s'ignorer
Ton masque vénitien que le lieu, colore
Et la musique sixties qui prône la liberté

Tu te sers un petit verre de whisky
Puis entreprends deux trois acrobaties
Tu sembles faire danser la vie
Ton pouvoir durera toute la nuit

Dans un silence tu te mets à chanter
Ta voix si pure nous étonna
Il y avait dans ton timbre, une fragilité
Que jamais tu ne montreras

Tu as continué ainsi jusqu'à l'aube
Il te semblait aisé de nous redonner foi
Tu faisais rire les agoraphobes
Enfermée dans un monde sans lois

Tu étais l'inconnue, pourtant si solaire
Pour les autres, ton monde semblait envoûtant
Si particulier, mais hélas entouré de verre
À la fois dangereux, fragile et puissant

Tu n'y as encore laissé entrer personne
Altruiste, mais tellement solitaire
Tu semblais ne pas avoir trouvé la bonne
Bien que tu laissais planer le mystère

Le jour se lève tu finis d'un trait la vodka
L'endroit que tu quittes devient néant
Je reste tétanisée à l'idée de tes pas
Qui te mèneront ailleurs, poussée par le vent

Le Bonheur

Allongée sous mes couvertures
J'écris allégrement la préface
J'ai passé des heures entières
À donner un sens au bonheur

Mais il n'est pas totalement pur
Et je ne peux y faire face
Il est aussi coupant que du verre
Et il lacère souvent mon cœur

Je pensais pouvoir l'attraper
Une fois analysé entièrement
Je pensais qu'il ne s'échapperait pas
Si je le serrais contre moi

Naïvement je le cherchais
Dans des recoins cachés du temps
Parfois j'avoue, il était là
Mais face à lui, je me disloque

Ne dit-on pas qu'on grandit
Lorsque l'on fait des erreurs ?
Ne dit-on pas que se tromper
Promet alors la victoire ?

Le bonheur illumine la vie
Mais que faire quand on en a peur ?
Vivre dans un monde fait de papier ?
Et ne broyer plus que du noir ?

Je vais finir par m'écrouler
À force de subir l'existence
Mais je n'ai jamais appris à vivre
Le monde tout entier me fait peur

Je cherche l'amour à en saigner
Surtout, n'entrez pas dans ma danse
De désespoir je finis ivre
Et toujours j'effraie le bonheur

Peinture rouge

Après une nuit d'insomnie, elle ressort son pinceau
Submergée de tristesse, elle dessine sa colère
Elle ravale ses larmes, se heurte aux barreaux
De sa cellule où elle est prisonnière

Pourquoi pour elle, la vie n'est que douleur ?
Son corps ne semble même plus lui appartenir
Elle étouffe des heures durant, la peur
De ce qu'un jour elle pourrait devenir

La peur de ne pas être à la hauteur
Des objectifs qu'elle-même s'est imposés
Elle a définitivement fermé son cœur
À ceux qui voudraient y entrer

Pourquoi, pour elle la vie est si bancale ?
Au fond elle sait qu'elle n'y parviendra pas
Marcher à reculons, le saut de l'animal
Comment ne pas sonner le glas ?

La peinture rouge déferle à flots
Tout au long de son désarroi
Ses rêves s'échappent un peu trop tôt
Le vieil homme rit quand il la voit

Eh gamine, ce ne sont que des griffes
Allez gamine, souris, ça va !
Mais non, dit-elle en sortant son canif
Non, désormais je ne serais plus là

Aime-moi et tu verras

Comment tu peux vouloir m'aimer ?
Comment tu peux vouloir m'aimer
alors que je ne suis qu'un amas charbonneux ?
Ton amour est brouillardeux
Et m'attacher à toi serait la pire erreur de ma vie

Comment tu peux vouloir m'aimer ?
Comment tu peux vouloir m'aimer
alors que tu sais que je ne parviendrais pas à te garder ?
Je suis un peu bancale et sans vie
Oui m'attacher à toi serait meilleur que du whisky

Comment tu peux vouloir m'aimer ?
Comment tu peux vouloir m'aimer
alors que tu sais que je serais malade de jalousie ?
Ce serait injuste de jouer de ma folie
Et tu le sais la nuit qui tombera sur moi m'engloutira

Comment tu peux vouloir m'aimer ?
Comment tu peux vouloir m'aimer
comme tu aurais aimé une fille avant moi ?
Je trouve l'amour dégueulasse
Mais auprès de toi j'ai peut-être une place

Aime-moi et tu verras
Tu verras comme
mon monde est sombre
Aime-moi et tu verras
Tu verras comme
je vis dans les décombres
Aime-moi et tu verras

Sa voix

Il y a de la souffrance dans sa voix
Un mélange de doute, d'élégance
De pureté et d'insolence
Elle s'était assise sur les lois
Puis avait imposé sa danse

Je sens ce vibrato d'inconfort
D'une longue errance pour trouver sa place
Dans un monde en équilibre
Alors elle-même semble fournir des efforts
Pour pouvoir prétendre devenir libre

Derrière cette image de super héros
Moi je sais qu'une petite fille
Mal dans sa peau s'y cache
C'est lorsqu'on a connu le chaos
Qu'on peut pouvoir prétendre ne plus être lâche

Et lâche elle est loin de l'être, tu sais
Elle a cru en elle aussi fort qu'elle a pu
En ce petit bout de femme libérée
En ce morceau de rêve un peu bossu

Et puis, il y a ce désir de tout contrôler
Comme toutes les Wonder Woman
Modèle de force un peu bancale
Qui voudrait nous sortir du bagne
De l'endroit où tout fait mal

La voix est le lieu de toutes les
illusions, des masques et des fantasmes
Mais tu sais le chant ne peut rien cacher
C'est un cri de vie, d'espoir et de larmes
Que je n'ai pas su attraper

S'obstiner à rentrer dans un moule
Quitte à être noyé, à l'étroit
Être modelé comme une boule
S'oublier, s'effacer de soi
Tu penses que c'est la solution ?

Tu crois que c'est la solution

Et puis on attend pour mieux l'attraper
Et très vite elle devient ce qui nous manquait
Cette chose qu'on a cherchée une éternité
Cette chose que dès lors personne ne trouvait

On s'attache pour mieux se consumer
Parce que se détruire ensemble c'est beaucoup plus joli
Et puis on s'effrite dans la gaieté
Leur déchéance mutuelle nous éblouit

Le soleil ne semblait se lever que pour elle
Nos regards, nos esprits paraissaient dérisoire
Parce que, mon dieu, qu'elle était belle
Et elle chassait les idées noires

Nos lèvres tremblaient quand elle parlait
C'était notre bouée de sauvetage
On se cognait pour la posséder
Attachés à elle comme des lâches

On s'obstinait à ne pas la voir partir
Parce qu'elle était devenue irremplaçable
Et pourtant on ne devait pas faiblir
Nous n'étions pour elle que des grains de sable

Tu crois que c'est la solution, hein ?
Tu crois qu'elle détient ton destin
Tu crois aussi que sans elle ça vaut rien ?
Le chaos et toi ne font qu'un

Mais on restera forte, même si nos soupirs
Valent hélas plus d'un millier de mots
Et elle imprimera nos sourires
Pour qu'elle garde quelque chose de beau

2. Encore debout

« Borderline »

Ophélie

J'ai rencontré Ophélie
Un peu par hasard, comme un ange
Elle a de suite changé ma vie
La voir heureuse me démange

Grâce à elle je commence à croire
Qu'un avenir m'attend quelque part
Elle me redonne un peu d'espoir
Et me soutient dans ma bagarre

Ophélie n'a jamais cessé de lutter
Ne posera pas un genou à terre
Je clame heureuse, la vérité
Elle met au sol toutes les galères

Mais moi je ne sais comment l'aider
Pour rendre sa vie plus docile
J'aimerais tellement tout réparer
Faire de ses démons de l'argile

J'aimerais lui rendre ce qu'elle a perdu
Qu'elle retrouve, elle aussi, espoir
Qu'elle soit un peu moins perdue
Et que ses pensées soient moins noires

Ophélie inonde de couleurs nos esprits
Autant qu'elle en met sur ses toiles
Je veux qu'elle s'accroche à la vie
Elle a le temps, pour devenir une étoile

Dégâts d'Errance

Elle semblait tout vouloir
Petite fille d'un soir
À la sortie d'un bar
Elle réclamait à boire

Comme un enfant perdu
Elle marchait dans les rues
Elle se cognait la tête
Sur ses rêves brisés

Dégâts d'Errance
Dégâts des ronces
Elle boit l'enfance
Dans la défonce
L'enfant d'ailleurs
L'enfant d'ici
A cessé de croire au bonheur
Dégâts d'errance, débris de vie
Débris de vie, dégâts d'errance

Elle envoie valser les promesses
Se détruit en délicatesse
Petit enfant, trop vite grand
N'a plus notion d'être vivant

Triste jeu de bataille navale
Celui qui battra la morale
Sera élu le plus coriace
Des enfants que la vie menace

Ils sont des centaines aujourd'hui
Dans des foyers, sans leur famille
Ils n'ont pas peur de la violence
Dégâts d'errance, Dégâts d'errance

Ana

Tu te souviens, regarder la mer
Tout au bord d'une falaise
Les vagues avalaient la terre
Tu te serais jetée dans la braise

Et dans cette crique endormie
Tu ramasses les coquillages
Puis quand arrive ton amie
Tu t'abandonnes dans son sillage

Comme un mantra, tu te récites
« Ne pas manger, maigrir vite »
Tu penses dévorer les minutes
Afin d'éviter la chute

Faim de vivre, Faim d'exister
Tu voudrais tout avaler
Faim d'ivresse, faim d'infini
Ton cœur doit tout attraper
Puis un jour t'en as assez
De n'être jamais rassasiée
La faim devient ton ennemie
Tu plonges dans la maladie

Celle qu'on surnommait Ana
Te promets ta revanche
Sur ces barres de chocolat
Que tu cachais dans tes manches

Tu lui obéis sans ciller
Elle obtient ton cœur et ton corps
Tu trébuches sur ta vie brisée
Tu t'enfonces dans le décor

L'ivresse du poids qui s'envole
De tes muscles qui saillent sous ta peau
Sont comme une camisole
Qui te maintient hors de l'eau

Et pourtant tu ne fais que couler
Enrôlée dans cette drôle d'armée
Où seuls comptent les blessés
Les cassés, les âmes brisées

Ta vie ne tarde pas à t'échapper
Tu t'envoleras, tu disparaîtras
Ana te regarde t'étioler
Puis elle t'abandonnera

À une mort certaine

Plus d’étoiles

Le tonnerre gronde, assourdissant
Les rêves disloqués par la foudre
Esprit tordu, corps chancelant
Les yeux clos, personne ne t’entends

Pourtant tu hurles dans ton silence
Les larmes coulent comme invisibles
Tu perds trop vite la cadence
Les ombres t’entraînent dans leur danse

J’ai perdu mon armure
Et mon cocon si doux
Plus rien ne me protège
De ces vagues qui avalent
Mon désir de combattre
Et de tous les faire taire
J’ai perdu mon armure

Tu cherches l’ivresse à en crever
Et un peu pour apaiser ta peine
Et un peu pour tout bousiller
Tu sais les choses, faut les gâcher

Une fois que t’as fini le whisky
Tu te sens vivante, hors limites
Tu oublies le vide et la vie
Tu n’as plus peur de tes envies

Je vois, tu te brises en morceau
Parce que tu crains tant d’échouer
Vivre pour toi n’est pas un cadeau
Parce que tu sors un peu du lot

La tête perchée dans les étoiles
Tu te laisses bercer d’illusions
La peur sur toi dépose un voile
Spirale sans fin, et plus d’étoiles

L'enfant intérieur

Rien, pas un bruit
Seul le crayon qui gratte le papier
L'homme qui crie
A fini par se taire à jamais

Il les envie, eux
Qui ont une voix pour hurler de détresse
Terrés dans un lieu
Entre déraison et paresse

Hors du lit,
L'enfant sage laisse la rage l'emporter
Quête infinie
Il cherche en vain la liberté

Il ne voit pas le ciel
Et ses yeux piquent de trop de désillusion
Il force les décibels
Ne comprend pas quelle est sa mission

Rien que la nuit
L'enfant se sent prêt à lutter
Corps sans vie
Qui se consume dans l'excès

Et l'enfant
Apeuré par ce que devient la fille
Réveil à blanc
C'était donc elle l'homme qui crie

L'enfant en moi
Ne respire plus, non
Je perds la foi
Lorsqu'il quitte sa prison
Alors peut-être
Qu'il cache son émotion
Quand le mal-être
Déverse en lui son poison

Ça fait beaucoup pour un seul homme

Ça fait beaucoup pour un seul homme
Les mains en sang, le cœur en vrac
Un peu d'espoir, des hématomes
Toute sa vie dans un seul sac

C'est pas une mort prématurée
Qui l'attends au fond du tunnel
Mais il en sait quoi l'ange brisé
Dont la flèche disparaît dans le ciel ?

Un goût de rêve inachevé
De peur qu'il ne peut contrôler
Il cherche en vain la liberté
Et voudrait tellement y goûter

Fuite en avant, courir sans fin
Il berce l'enfant dans son cocon
Mais les larmes n'ont pas d'écrin
Elles ruissellent souvent sans raison

L'envie se cache dans un trou noir
Impuissant il regarde sa chute
Folie terrée dans un tiroir
Un jour il cessera la lutte

Ça fait beaucoup pour un seul homme
Tous les doutes qui restent sans réponse
Ça fait beaucoup pour un seul homme
Quand il est bloqué dans les ronces

La rose se fane
La fleur se meurt
Jardin d'un cœur un peu détruit
Le rêve doit se cultiver
Même quand la rose se fane
Et surtout quand la fleur
Se meurt
Et surtout quand la fleur
Se meurt

Ne pose pas les armes

Un rêve qui s'écaille
Tête au fond de l'eau
Et ton corps sans vie
N'a pas l'attirail
Pour cesser le sanglot
Qui hurle l'infini

On te dit parfois
« Redescends sur terre »
Nuage inquiétant
Tu élèves ta voix
Casser la misère
Quand coule le sang

Elle est le chemin de tous les possibles
Murmure à ton oreille « Vas-y garde espoir »
Avec elle c'est pas si terrible, c'est pas si terrible
Quand ton seul ami ne broie que du noir

Maladie du soir
Spleen baudelairien
Rectifie le tir
Fonce dans le noir
Rien à perdre, rien
Il y a toujours pire

Rentrer dans un moule
Te tordre le cou
Pas de grosses larmes
Continue roule, roule
Ne plie pas les genoux
Ne pose pas les armes

Les non-dits

Un jour on te dit de tout dire
Ensuite, on t'implore de taire
Et toi tu fais comment pour vivre ?
Avec tes paroles au cimetière ?

Implosion, tu cries dans le vent
L'écho de ta voix nargue ton silence
Sourire idiot quand, coule le sang
Tes mains dansent dans la violence

Il t'arrive, toi, d'avoir peur ?
Ce que tu ne dis pas te bouffe parfois de l'intérieur ?
Et toi, comment tu fais ?
Quand les non-dits brisent ta liberté ?
Il t'arrive toi d'avoir peur ?
Des mots cachés qui grignotent ton cœur ?

Comme un oiseau sans ailes
Et lassé de tourner en rond
Tu voudrais casser la poubelle
Qui renferme toutes tes émotions

Secret que tu gardes blotti en roi
Le monstre n'est pas sous ton lit
Le monstre, hélas, il est en toi
T'empoisonne et a fait son nid

Je serais la

Ton corps se soigne quand ma voix tonne
Au fond du cœur, tout se disloque
Et ce que disent les larmes en toi, étonne
« Relève-toi, je te promets, c'est la bonne »

T'y crois pas trop, mais la tête haute
Tu recommences à avancer
Tu ne te crois pas assez forte
Pourtant t'y rêves, à ton morceau de liberté

« Sois toi-même
Ne regarde pas les autres
Et si tes bras saignent
N'oublie pas que
Je serais là
Je serais là »

Le rêve qui brille dans ton esprit
Tu sais qu'il te donne du courage
De retrouver, oh oui, l'envie
De poser enfin tes bagages

Où le trouble ne pourra plus t'embêter
Lâche-moi cette vie, un peu friable
Apprends à la contrôler, pour trouver la paix
Impossible que tu ne deviennes banale

Parce que je sais que ta plus grande peur
Pour lâcher cette putain de maladie
Et de ne plus ressentir la douleur
Celle tu sais, qui te maintient en vie

Mais ce désir de vaincre, enfin
Il sera en toi pour toujours
Ce n'est, rassure-toi, pas la fin
Puisque l'échange n'est pas sourd

Ne t'arrête jamais de chanter

Tu me prendras pour folle quand je te cracherai mon amour
Tu me riras au nez, quand je ferai semblant d'être sonnée
Quand j'avancerais la tête haute, vers une vie sans compter les jours
Tu sais, c'est toi qui me guides, qui fait de moi une fille libérée

Je suis un être sans équilibre, coincé dans une terre boueuse
Mais toi, tu fais du bonheur un désir un peu moins chimérique
Parfois les larmes coulent seules le long de mes joues creuses
C'est que tu me donnes plus d'espoir que ce que mon corps peut en contenir

Rage de vaincre
Désir de vivre
Les épines tombent
Les fleurs renaissent
Et toujours en écho
Ma voix te murmure
« N'aie pas peur du bonheur »

Quand tu te donnes, tout entière, devant tous ces regards
Je reçois ton cadeau dans mes mains abîmées
Il est là pour toujours, presque un peu en retard
Comme si rien, non rien, ne pouvait le froisser

Je suis un arbre troublé par des vents trop violents
Mon corps se brise en des milliers d'éclats de verre
Puis t'es là un peu énervé, un peu orageux, puissant
Tu rends même de la chaleur à l'hiver

Je me suis saignée sur ta voix,
Mais tu parviens à consoler mon cœur

Parfois, tu sais, j'en reste transie d'émoi
Tes mouvements saccadés me sont tant salvateurs

Ne t'arrête jamais de chanter, non ! Jamais
Tu me permets de croire en une liberté inavouée
Qui se cache là, au fond d'un tiroir en acier
Que je n'ai encore jamais osé toucher

Ce si doux chagrin

J'avance dans la foule, un peu en retrait
Derrière la vie, dernière en vie
J'entre pas dans le moule stéréotypé
Je n'aime que tous ceux qui me fuient

J'attrape au vol un peu de blues
Et puis un morceau de chagrin
Les gars cachés sous leurs blouses
Essaient de m'en sortir, en vain

Désolée d'être moi, instable et bancale
Désolée, oh oui, d'être encore en vie
Je veux du grandiose, pas de l'acceptable
Toujours, tu sais, un peu épris
De ce doux chagrin
Ce si doux chagrin

Entendre les gens rire fait rugir l'angoisse
Quand y'a trop de bonheur, je fuis en courant
Je vénère ce qui me pousse à boire la tasse
Pourquoi la joie me déteste tant ?

Je creuse au fond de mon esprit
Mais rien ne me pousse à les haïr
Eux et leurs saletés de violences enfouies
Tu sais, j'ai juste envie d'en finir

Un voile noir recouvre mes yeux
Pourrais-je un jour recouvrer les couleurs ?
Cette existence qu'on m'a mis au creux
De mains déjà porteuses de douleur ?

Je suis seule... Sans vous
Mes chers monstres un peu hideux
Une partie... De nous
Se perd dans leurs yeux

Sauve-toi

Oui t'es talentueuse, oui t'es extraordinaire
Mais j'en peux plus de vivre dans ton ombre
C'est vrai que sans toi, tout devient plus sombre
Et que ta main sur moi, vivante, elle m'enterre

Je suis heureuse seulement quand tu l'es
Et je pleure quand je vois tes larmes
C'est comme si j'avais perdu mon identité
Je ne suis plus qu'une guerrière sans armes

Sauve-toi, sauve-toi
Sauve-toi avant qu'elle ne t'enferme
Sauve-toi avant qu'elle ne te malmène
Sauve-toi, sauve-toi !
Toi qui rêves d'être toi-même
Alors, sauve-toi !

Je ne sais plus qui de moi est toi
La frontière entre nos deux corps est si fragile
Celle du rêve, de l'imaginaire n'a aucune foi
Et dans les aigus, je te sais virile

Es-tu seulement le fruit de mon inconscient ?
Un fantasme idiot qui pèse sur mon cœur ?
Je deviens féroce, oui, je t'aime tellement
Mais ça ne m'apporte que de la fureur

Tu ne me fais ressentir que ; de la jalousie
Toi bien sûr, tu planes sur la vie
Tu me mènes sans le savoir, à la folie
Eh ! Dis-moi pourquoi je te suis ?

Frontière idiote entre rêve et réalité
Je ne sais plus qui de toi est moi
L'oiseau en cage, sans aucune liberté
Est-ce que je suis toi ?
Ou bien, tu es moi ?
Toi, moi... Moi, toi ?

L'enfant

Au fond de son âme, l'enfant hurle
Il voudrait qu'on lui prenne la main
Qu'on lui dise enfin « Tout va bien »
Il ne reçoit que l'écho d'une peine qui brûle

Le cri s'éternise, silencieux
Rebondit sur les murs qui enferment l'enfant
Il a peur, vraiment, de devenir grand
Il sait déjà que le monde est dangereux

L'enfant doit se taire
Surtout ne pas remuer terre
Les souvenirs enfouis
Sont toujours les plus douloureux
Elle entend encore son cri
Résonner chez l'enfant malheureux

Il hurle, oui il hurle en vain, sa détresse
L'enfant voudrait se terrer dans un coin
Et laisser libre cours au chagrin
Quand l'adulte se noie dans l'ivresse

Ils peuvent bien lui tendre leurs bras
Jamais non elle ne s'y jettera
L'enfant n'a plus besoin de tout ça
Ils l'ont abandonné trop de fois

Elle aurait tant voulu ne jamais grandir
Rester la petite fille vulnérable
Qui supportait même l'insoutenable
Et jamais ne laisser ses rêves faillir

Désormais, elle habite le désespoir
L'enfant ne lui appartient plus
Dissociée d'une vie non voulue
Elle meurt d'une surdose d'idées noires

Les hirondelles

Des colibris dans son esprit
Cette jolie fille un peu bohème !
Une fausse hippie qui se promène
Dans les méandres de la vie

Elle sourit aux nuages gris
Et se joue du désespoir
Je la regarde se mouvoir
Avec un peu de jalousie

Les hirondelles n'ont pas peur
Et quand bien même leurs ailes brûlent
Elles ont caressé le soleil
Et tant pis si leurs ailes brûlent

Une marginale dans l'excès
Qui voudrait ne jamais tomber
Elle vacille seulement en été
Quand le soleil la fait rêver

Elle s'amuse avec les rimes
Et parcoure les rues sans un sou
Avec des désirs un peu fous
Celui d'être un jour légitime

Elle aimerait qu'on lui donne l'accord
Celui de pouvoir vivre sa vie
Et la parsemer de feuilles d'or
Avant qu'elle ne pousse un cri

Car émane une odeur de café au lait
Et sur la table, un rail de coke
Non elle ne garde pas la tête haute
Sans quelque chose pour l'y aider

Il n'y a pas de douleur sans joie

Les entailles dessinées sur les bras
Sont toutes les fois où elle est morte
Il n'y a pas de douleur sans joie
Et pas de vie si t'es pas forte

Elle essaie de rester sur terre
Bien qu'elle ait conscience qu'elle s'envole
Dans sa petite cage de verre
Elle s'obstine à jouer son rôle

Tous les matins, elle sort le masque
Les faibles n'ont aucune destinée et
Crachent leurs mots qui se fracassent
Sur un visage un peu cassé

Ne pas regarder devant, sauter à reculons
Le pire, elle le sait, reste à venir
Oui sa voix comme une chanson
Lui crie de pourrir, pourrir, mourir !

Encore une fois elle disparaîtra
Sous son visage de jolie poupée
Personne, non jamais ne la retiendra
Quand elle voudra s'en libérer

Il n'y a pas de douleur sans joie
Et parfois il n'y a jamais eu d'avant
Avait-elle vraiment le choix ?
Son corps dansera sur le vent

La mutilation c'est un jeu

On me dit que la mutilation est un jeu
Que c'est à celui qui ira au plus profond, au plus marqué
Parce qu'on s'entaille pour leurs beaux yeux
Et c'est à celui qui détournera la tête en premier

La souffrance brûle au fond de moi, ne cesse de crier
C'est la seule solution que j'ai pour l'apaiser
Alors oui pour certains, ce n'est qu'un jeu
Douleur remise en cause par leurs airs dédaigneux

Si ce n'est qu'un jeu
Adieu les cachets
Si ce n'est qu'un jeu
Pourquoi m'enfermer ?
Laissez-moi crever
Si ce n'est qu'un jeu

La mutilation, comprenez, est mon seul remède
Quand le monde tente de s'échapper
Ceux qui font ce jeu n'ont pas besoin d'aide
Après tout, ils ne font rien d'autre que jouer

C'est donc comme ça qu'il faut me voir
Comme une joueuse des quartiers calmes
Je ferais alors le trottoir
Pour me payer de plus belles lames

Et lorsque j'aurais assez saigné
Dans une ruelle mal famée
Alors peut-être que j'aurais gagné
Puisqu'ils disent qu'on ne fait que jouer

Ils disent que ce n'est qu'un jeu
Laissez-moi vous montrer mes cartes
J'ai celle de la mort sous mes yeux
Je la joue, sème le désastre

Bois

J'me bois une bouteille de vodka
Quand j'ai envie de tout foutre en l'air
L'équilibre devient précaire
Le réel, plus rien à faire
J'me bois une bouteille de vodka
Quand j'ai goûté toute la misère

Je sens que tout devient plus lisse
Quand je vois la vie dans l'alcool
Le corps n'existe plus
La douleur je la tue
Je n'ai plus peur de prendre des risques
Même si on me considère comme folle

Tu bois, tu bois
Tu veux plus t'arrêter
Quand tout s'écroule
À quoi bon continuer ?
Tu vides tout, tu vois
Et tu remplis ton soûl
De ce liquide magique

Les gens cessent d'être effrayants
La vie paraît même acceptable
Et puis ça m'plaît un peu aussi
De vider la bouteille de whisky
L'avenir cesse d'être terrifiant
Puisqu'il est beaucoup moins palpable

Tout ce qui m'entraîne loin de moi
Loin d'une réalité de fer
Tout ce qui me coupe du monde
Et qui m'entraîne dans une ronde
Où fragile et sans foi
J'entraîne ma descente aux enfers

Je n'ai plus peur, plus d'importance
Le reste est l'envers du décor
D'un monde bancal, un peu banal
Tout devient presque normal
Je t'entraîne dans une cadence
Où avec la folie je fais corps

L'entaille

Ça commence par une entaille
Un truc juste pour essayer
Quand tu sors un peu des rails
Un truc juste pour essayer

Tu as besoin de te punir
De te punir d'être née
Tu as besoin de te haïr
Et tu laisses le sang couler

Chaque fois que tout tourne mal
Tu t'empares de ta lame
Au début, tu trouves ça immoral
Mais c'est moins pire que les larmes

Quand ça crie dans ton esprit
Que tu sens que tout part en vrille
Alors tu n'as qu'une seule envie
Ta peau, tel du bois, tu la scies

Ta lame devient ta meilleure amie
Elle te rassure, te réconforte
Quand s'épuise doucement ta vie
Mais que tu n'es pas assez morte

Ça commence par une entaille
Elle finit par devenir un besoin
Et la peau que tu entailles
Devient un entêtant refrain

Ça fait mal à en crever

Ça fait mal à en crever
Mais on en meurt jamais
Tes jambes deviennent des plumes
Et ne porte plus ton corps
Devenu une enclume
Une fois encore

Le monde doucement s'étiole
Tu n'as plus de boussole
Pendant que tu perds le Nord
Les gens poursuivent leurs rires
Ton esprit n'en démord
En toi, tout le monde peut lire

Tu préférerais tant mourir
Au rouge, ton visage vire
La honte te noie le cœur
Autour de toi se brouille
Une vie de douleur
Que le diable farfouille

On est tous incompris
Quand c'est ce que l'on vit
La poitrine se tord
Et l'air se raréfie
De l'intérieur, elle te mord
Et l'angoisse, de toi rit

Sécurité instable
Corps qui se dérobe
Danger, partout, toujours
Et l'extérieur t'accable
Et la peur t'enrobe
Danger, partout, toujours

Les révoltés des mots

Ils ont tant de chagrin à cracher
Que le stylo saigne sur leurs mots
Ils portent leurs rêves brisés
À bout de bras, comme un fardeau

Ils sont si beaux dans la douleur
La gueule cassée et le cœur gros
Ils chantent un peu de leur malheur
Et je les regarde sans un mot

Le ciel n'existe que pour ceux
Dont les ailes peuvent encore voler
Les autres, on les garde au creux
De la main qui a saigné

Ils ont beau dire qu'il y a un ailleurs
Nous sommes pas sûrs que ce soit vrai
Alors on enfile nos tailleurs
Puis on refoule rancœur et fierté

Mais eux ils sont là pour crever
Les lois, les règles, la soumission
Ces visages fins, un peu marqués
Ils ne vivent que pour leur passion

On les entend crier la nuit
Que leurs orgasmes, c'est la musique
Et tout ce qu'ils créent luit
D'une magie un peu cynique

Oh qu'ils sont beaux
Les révoltés des mots
Ceux qui vivent mal
Les gars un peu bancals

Et l'enfant meurt

J'ai pris le premier train
Sans savoir où il allait
Le genre de signe du destin
Qui fait qu'on ne peut se tromper

Cachée dans la foule
Personne ne voit ma haine
Pas même ce qui en découle
Et encore moins où elle m'emmène

La fusion de nos corps
Me rendait immuable
Tes mains gorgées d'or
Me rendaient vulnérable
Et puis tu me dévores
D'un amour véritable

Hier, tu es parti
Tu es mort on m'a dit
Alors je me suis enfuie
Sans toi tout est survie

Dehors le soleil brille
Les gens ne cessent de rire
Mais moi je pars en vrille
Il me manque, ton sourire

Et les autres défilent
Je peux voir les oiseaux chanter
Mais merde ! Qu'ils sont vils
Je n'ai plus d'identité

La douleur rend égoïste
Je pousse un gosse, vole une vieille dame
Autour plus rien n'existe
Je ne serais jamais une femme

Les photos défilent sous mes yeux
Je n'arrive pas à décrocher le regard
De mon corps décharné qui hurle adieu
J'étais sûre qu'il était trop tard

Pourtant les photos défilent encore
Au fil des saisons, le corps s'endurcit
Puis l'être humain devient plus fort
Ce faux sourire vomit la vie

Et l'enfant pleure
Et l'enfant meurt
Sous le poids de sa douleur
L'enfant a peur
Et l'enfant meurt

Dans les heures creuses

J'ai l'âme lourde, l'esprit tordu
Je marche pas droit, la gueule de biais
Je n'aime aucune de mes journées
Si prévisible, du déjà vu

La nuit, il y a peu, me soulageait
Sous la lumière des étoiles
Je prenais les rames, mettait les voiles
Vers des contrées non explorées

Et puis, une nuit, il est revenu
Annonçant d'innombrables cauchemars
L'inconscient a repris son pouvoir
Dans le noir j'étais à nue

Fait de jugement, de craintes, d'angoisses
La sueur perle à chaque réveil
Alors je lute et puis je veille
À ce que plus jamais il ne me froisse

Les vieux démons reviennent souvent
Lorsque l'on s'y attend le moins
Ils nous laissent perdus dans un coin
Étouffent ta vie, suspendent le temps

Nuit d'insomnie, nuit de terreur
Où je suis adulte, mais démunie
Comme une enfant qu'on a punie
Qui ne sait comme fuir ces sombres heures

Je vois défiler les images
D'un souvenir, longtemps oublié
Une peur enfouie qui se réveille
Dans les heures creuses
Je vois défiler les images
D'un souvenir longtemps oublié
J'ai besoin qu'on me réveille
Dans les heures creuses

Le triste sourire

Elle me tient la main un peu trop fort
Et lorsqu'elle la lâche, je suis perdue
C'est toujours moi qui suis en tort
Parce que c'est moi qui l'ai voulu

Elle tente l'impossible à chaque fois
Pour m'arracher un triste sourire
Elle ignore que je ne crois plus en moi
Que mon seul désir est de mourir

Je lui en demande trop et pas assez
Je suis l'enfant qui réclame encore
Mais aussi l'ado trop vite étouffée
Je ne sais pas quel est mon sort

Rien ne semble me satisfaire, rien
Je ne vis que pour la rendre heureuse
Je suis finalement qu'un vaurien
Une enfant un peu trop soucieuse

Je me rends invisible au possible
Pour ne pas altérer la tranquillité
Et ses mots comme des missiles
Détruisent parfois ma réalité

Elle voulait une famille parfaite
Je suis l'échec dans son projet
Je me punis pour cette défaite
Elle refuse pourtant de me voir couler

Maman m'a donné la vie
J'aurais tant voulu qu'elle la garde
Je passe d'innombrables nuits
À retenir ce qui me bombarde

Tuer ce corps

Tu portes ton corps comme un fardeau
Quand frappe à la porte, un oiseau
Mais l'enclume attachée au pied
T'empêche d'envier sa liberté

Un matin, tu te réveilles
Avec la tristesse en amie
Tu imagines Monts et Merveilles
Mais elle fait partie de ta vie

Tu n'as plus aucun contrôle
Ton enveloppe devient indomptable
Au final, elle inverse les rôles
Et c'est toi qui deviens instable

Tuer ce corps
Le faire taire
Alors tu dors
Plus de misère
Tuer ce corps
Quand au réveil
Il te dévore
Tant pis pour elle

Prisonnière d'un véhicule
Censé transporter ton âme
Tout devient parfois ridicule
Et il te fait prendre la lame

J'entends le cri sourd de douleur
Quand le corps se tord de caprices
Tu n'es qu'une spectatrice qui a peur
Soumission à tous les sévices

Se perdre soi-même dans le désert
Ne plus retrouver la sortie
Tu n'es qu'une pauvre prisonnière
D'un corps inerte, d'un corps sans vie

On m'enferme

On m'enferme là où les gens disent
« T'es là pour quoi, toi ? »
Comme si j'avais commis un crime
Mais j'ai rien fait, il y a méprise
Peut-être est-ce de ne plus croire en moi ?
Mais en quoi est-ce donc un crime ?

On m'enferme là où les gens jugent
Après une descente aux enfers
Ils disent c'est pour mieux remonter
Autour de moi trop de grabuges
Je n'arrive pas à calmer ma peur mortifère
Et ils disent, c'est pour mieux remonter

Je passe de la solitude
À la multitude
Des gens qui m'épient
Blouses blanches
À la multitude
De gens qui m'épient

On m'enferme et ma famille compte sur moi
Tandis que j'essaie de suivre le rythme
Moi j'ai besoin de ma solitude
Et je m'en fiche un peu des lois
Qu'importe ce que devient la cime
La vie de toute manière est rude

On m'enferme au regard de tous
Mais moi je veux juste mon cocon
Tandis que j'essaie de suivre le rythme
Je sens bien que derrière leur moue
Ils crient que j'ai perdu la raison
Et moi, je tente de suivre le rythme

On m'enferme, privée de liberté
Je rage tout au fond de tout mon corps
Mais j'affiche un sourire poli
Pour ne pas les laisser m'attraper
Je ferais désormais parti du décor
Personne n'effacera mon sourire poli

Peter Pan

Miroir brisé en mille morceaux
Ton corps parsemé sur le sol
Il n'y de constant que les mots
Que tu couches sur une tâche d'alcool

Insupportable nuit étoilée
Où les loups hurlent leur désespoir
          Comme l'un d'eux, seule et peinée
Tu élèves ta voix dans le noir

T'aurais aimé être de ces gens-là
Pour qui la vie n'est qu'aisance
Malheureusement toi c'est pas ça
Ça frôle surtout la décadence

Avec toi personne n'a de failles
Excepté ta propre personne
Tu dis toujours sortir des rails
Et que l'être humain te bâillonne

T'aurais voulu ne jamais grandir
Le temps qui passe n'est qu'insouciance
Mais t'es adulte, prête à partir
Vers des dédales, des jours d'absence

Devenir adulte
Pourquoi ?
Moi j'ai le syndrome de Peter Pan
Je me parsème de poudre d'or
Et je me casse à Nerveland

Hurle

Pourquoi la colère est trop violente en toi
Au point de te faire manquer d'air ?
Et tu t'étouffes à tenter de la faire taire
Mais crie, hurle, crache tout pour une fois !

Laisse ce besoin de toujours fuir
Où tu laisses les émotions s'affranchir
Quelle est la question, être ou ne pas vivre ?
Allez ose, ose enfin d'en finir

Tu la retrouveras, gamine, ton insouciance
Et la légèreté au creux de tes mains
T'as pas besoin de ça, t'as pas besoin !
Ta force doit être ton essence

Le temps malmène le peu d'estime de toi
Et pourtant je te promets qu'on s'en sortira
Pourquoi, pourquoi t'as mal comme ça ?
Un jour, c'est toi qui seras là

Je t'en supplie crois en tes rêves
Imagine ta maison près du ruisseau
Tu verras qu'il y fera toujours beau
Parce qu'il est temps que le combat s'achève

Le monde tournera en ta faveur
Et tu l'auras ta revanche, tu l'auras
Le jour où tu ne t'y attendras pas
Tu goûteras toi aussi au bonheur !

Pourquoi ?

Pourquoi tu continues à subir tout ça ?
C'est la même rengaine à chaque fois
Pourquoi t'n'essaies pas d'oublier la douleur
Pour te glisser dans la torpeur ?

Pourquoi ? Pourquoi tu continues de lutter
De t'accrocher à d'idiotes futilités ?
En espérant sortir un peu la tête de l'eau
De croire encore au renouveau ?

Et quand on t'apporte la solution
Tu la fuis comme un poison
T'as peur de foncer tête baissée
De combler le gouffre en toi
Avec le peu de sérénité
Qui s'offre à toi

Alors t'écris pour oublier, pour effacer
Et surtout pour ne pas abandonner
Avec ta gomme de désespoir
Tu repeins en blanc le tableau noir

Ils pensent qu'on ne peut recommencer
Là où tout s'est effondré
On ne peut hélas réparer l'irréparable
Vois un peu de quoi t'es capable

Regarde ce que tu fais de ton corps
Écoute la peur qui te dévore
Mais réagis, merde réagis !
Aie la rage d'être en vie !

Alors tu vas bomber le torse
Et faire de ta vie une amorce
À toutes les possibilités
Que tu n'as pas encore exploitées

L'étoile téméraire

L'étoile téméraire
Continue de briller
Quand toutes les lumières
Ont cessé d'éclairer

Le sombre trottoir
Dans lequel tu te perds
A tâtons dans le noir
Tu frôles la misère

Tu fouilles dans ta mémoire
Recherche de doux souvenirs
L'élan du désespoir
Te donne l'équilibre

Les larmes coulent
Sur ces années passées
À entrer dans un moule
Au point de t'oublier

Tu t'es détruit gaiement
Et pour tout reconstruire
Il en faudra du temps
Tant pis pour ton avenir !

Rien, non, rien n'est foutu
À toi de faire tes preuves
C'est toi qui l'a voulu
Défier toutes les épreuves

Une guerre sans fin ni victoires
Où tu t'essouffles au moindre pas
Et puis toute seule le soir
Tu pleurer, passe à trépas

Nouvelle vie

Il faut désormais y croire
Tu as promis de ne plus boire
Dans ton fauteuil suspendu
Tu ne seras plus reine déchue

Les soucis ne s'envoleront pas
Mais tu auras ton espace à toi
Même si grandir t'effraie
C'est aussi ça la liberté

C'est une nouvelle vie qui s'annonce
Avec ses peurs, ses failles, ses doutes
Une nouvelle vie plus loin des ronces
Qui vaut la peine sans la déroute
C'est une nouvelle vie qui effraie
Mais qui peut tout aussi briller

Je compte sur toi, tu sais
Pour enfin t'envoler
Mais pas là où tu crois
Là où ira ta voie

Qu'importe où va ta route
Même si ça te dégoutte
Même si c'est pas c'que tu espérais
Il faut parfois, oui, s'adapter

Mais tu verras je te promets
Malgré ton manque de satiété
De cette vie que tu rêves grandiose
Tu vas éclore comme une rose

Moi j'y crois à ce nouveau voyage
Tu vas voguer vers le large
Et je serais là pour t'aider
Parce que t'en vaux la peine, tu sais

La suie

Je veux que vous me laissiez rêver
À l'envol que j'aurais aimé prendre
Arrêtez de vouloir tout diriger
Si vous ne voulez pas me voir cendres

J'en peux plus de votre mascarade
Je suis peut-être un peu malade, oui
Mais je ne veux pas faire l'escalade
À celui qui me trouvera une vie

Cette vie je veux la gérer moi-même
Pouvoir y croire et l'imaginer
Oublier le sang de mes veines
Qui depuis n'a jamais cessé de couler

Ai-je le droit d'être heureuse moi aussi ?
Ai-je le droit de me bercer d'illusions ?
Et si je tombe un pe trop bas, j'en ris
Là commencera mon ascension

Parce que toutes vos règles me font peur
Faites-moi confiance, même si j'échoue
C'est la chute qui amène le bonheur
Et qu'importe le nombre de coups

Alors oui parfois j'ai du mal
Mais mon sourire cache ma souffrance
Mes émotions je les ravale
En parler n'a plus aucun sens

Mais arrêtez de vouloir diriger ma vie
Si je tombe alors je me relèverais
J'essuierais dignement la suie
Qui tachera ma peau blessée

À l'étoile du soir

Assaillie par le doute
Elle semblait tout pouvoir
Petite fille du soir
Qui tanguait sur la route

Ils regardent les gens
Que peuvent-ils bien faire ?
Un avenir éphémère
Ne tient jamais longtemps

Elle laisse dans son sillage
Une odeur d'espérance
Et puis un peu d'errance
Pour cet enfant sans âge

Elle aura beau creuser
Rien de joli ne naît
Laissons-les s'abîmer
Les amants délaissés

La fatigue comme fardeau
Elle essaie d'avancer
Elle voudrait tout voler
Laisser tout ça dans l'eau

Elle était si jolie
Cette petite fille la nuit
Et puis elle s'est enfuie
Sans désir pour la vie

Elle aura le pouvoir
Un jour viendra
Elle aura le devoir
De fuir tout ça
Ce petit bout d'espoir
Elle le donnera
À l'étoile du soir

L'obsession des âmes en peine

Ce dont j'ai le plus peur
Dans cette nouvelle vie
C'est de ma vieille amie
Celle qu'on nomme boulimie

On pense qu'on est heureux
Mais le monstre furibond
N'attends qu'une seule raison
Pour sortir de ses gonds

Elle me laissera jamais en paix
Cette obsession des âmes en peine
Dans l'histoire, qui suis-je au final ?
Sorcière, princesse, monstre ou fée
Le savoir vaut-il vraiment la peine ?
Je suis l'incarnation du mal

On pense que tout va mieux
Quand on retrouve le sourire
Mais il reste les souvenirs
De ces heures passées à vomir

La solitude frappe à ma porte
Je suis blessée, un peu bourrée
D'incertitudes inavouées
Je ne contrôle plus mes pensées

Que tu veuilles ou pas
Cette errance connue d'autrefois
Sera mise en jeu encore une fois
Puisqu'au final, il y a aucune loi

Ma vieille amie la boulimie
Me poussera-t-elle encore à bout
Me blottirais-je dans ce fourre-tout ?
Ce beau désespoir un peu fou

J'aurais voulu te dire je t'aime

J'aurais tellement voulu de toi
Que tu me montres absolument tout
Tes brèches qui sèment l'effroi
Et tes jolis rêves un peu fous

Je n'aurais plus jamais eu peur
Il te suffisait de deux mots
Pour parfaire mon bonheur
Et faire de moi un renouveau

Pourquoi m'as-tu montré l'amour
Si c'était pour me le reprendre ?
J'y crois un peu plus chaque jour
Tu finiras par me le rendre

En attendant, mon corps s'effrite
De n'être plus jamais touché
Il me manque ta main d'artiste
Pour croquer la réalité

Prends ma bouche, prends tout
Donne-moi seulement ton amour
Je n'ai en poche pas un sou
Mais je veux te combler chaque jour

J'aurais tant voulu te dire je t'aime
Mais je n'en ai pas eu le courage
J'ignore où la vie me mène
Privée de tes baisers

Je veux que tu saches ce que je ressens
Je veux cesser de craindre ta réaction
Et si tu m'aimes réellement
Alors vite, vite, passe à l'action

C'est décidé, je ne mange plus

C'est décidé, je ne mange plus
Ce que j'ai pu le répéter
Je veux qu'elle reprenne son dû
Cette carapace qu'on m'a brisée

J'aurais tant voulu en mourir
Elle reste tenace à son rocher
Je ne voulais pas en guérir
Il était sûr qu'elle s'accrocherait

Meilleure ennemie l'anorexie ?
J'ai passé des jours à pleurer
Elle donnait un sens à ma vie
Je croyais tout contrôler

J'aurais pu prendre un autre chemin
M'éloigner de ce qu'on appelait maladie
Mais tout ça ne servait à rien
Elle était bien ma seule amie

Aujourd'hui je m'en mords les doigts
De tant prier pour qu'elle revienne
Elle était le monstre en moi
Qui tentait d'alléger ma peine

Ravage-le avec soin

Tapie dans mon esprit
Tu te glisses dans la faille
Ma chère anorexie
Fais-moi sortir des rails

De mon cœur asséché
Qui guette en vain l'amour
Rends-lui sa liberté
Déchire-le chaque jour

Ana donne-moi la main
Emmène-moi loin
Mon corps t'appartient
Ravage-le avec soin

Laisse-moi terrée dans l'ombre
Je ne veux plus briller
Toute ma vie est sombre
De rêves cabossés

À trop vouloir voler
Mes ailes se briseront
Je vis recluse, cachée
Je connais la chanson

Emmène-moi dans la tombe
Je me donne tout à toi
Dehors c'est l'hécatombe
Brise moi, je ne t'en veux pas

Et mon corps se périme
Sans laisser une trace
Quand plus rien ne m'anime
Autre que cette tache tenace

Calmer mon érosion

La chance d'une perdante
D'une borderline foutue
Qui rencontre l'aidante
Celle qui lui rend la vue

Perds-toi dans la vie
Ça vaut le coup, vraiment !
Arrache l'étoile à la nuit
Et fais confiance à ton élan

Borderline, je suis borderline
Montagne russe, émotions déglinguées
Hypersensibilité, peurs irraisonnées
Et on me mettait un pied dans la tombe
Avant de rencontrer celle qui crée l'hécatombe
Dans ma vie tourmentée, me sortir de prison
Calmer mon érosion

Tu tiens les rênes
Montée d'espoir, montée d'amour
Chevauche l'existence sereine
Tant pis si disparaissent les jours

Ne crains pas la futilité
Et même si ça fait peur
Cesse de toujours chercher
Laisse cogner dans ton cœur

Tu sais, oh oui, maintenant
Qu'être heureuse est possible
Parfois c'est le néant
Mais c'est plus si terrible

Pour l'instant...

Vers l'éternel

Les peurs intérieures se sont calmées
Ne reste que le crayon sur le papier
Des mots qui viennent parfois de loin
S'immiscent un peu dans ton destin

Quand le regard devient trop sévère
Et que tu perds tous tes repères
Ne sors pas la lame, pas cette fois
Montre aussi que toi tu y crois

Et si un jour tout te semble mort
Qu'à l'intérieur tout te dévore
Envole-toi dans d'étranges contrées
Qui tapissent ton monde imagé

Et puis tu verras la beauté
Qui se cache là où on regarde jamais
Quand tombera la prochaine bombe ?
Quand se calmera l'hécatombe ?

Il en faut de la force pour vivre
Il en faut autant pour survivre
Mais tu es l'acteur de ce choix
À toi de nous montrer la voie

Si pour toi, tout est ébréché
Un peu démoli, un peu de biais
Ne reste qu'à déployer tes ailes
Et elles iront vers l'éternel

Gravée dans la roche

Ne surtout pas vaciller
Retrouve enfin ta liberté
Qu'elle t'a si longtemps volé
Cette maladie déglinguée

Oublie les rêves d'enfant naïve
Il n'y a hélas plus âme qui vive
L'existence est un sacré combat
Ne te lamente pas, ça ira

Regarde tous ces gens héroïques
Dotés d'un trouble psychiatrique
Ils ont fait des choses fantastiques
Ne sois donc pas si fataliste

Ton esprit est erreur de la nature
Cesse donc d'être aussi immature
Tu te noies dans une débauche
Qui reste gravée dans la roche

Tu as longtemps imaginé
Ta vie de petite camée
Mais tu es plus forte que ça
Tu ne passeras pas à trépas

Je ne te dis pas d'être violente
Simplement un peu plus méfiante
Et t'n'accroches pas au désespoir
À cette triste vie illusoire

La pluie

Je ne suis pas comme la fleur
Qui quand vient la pluie
Danse de bonheur
Et s'épanouit

Moi quand vient la pluie
Je prends toujours peur
Elle inonde ma vie
Me plonge dans le malheur

La pluie est mortelle
Quand il n'y a rien derrière
Aucun Arc-en-ciel
Même pas de lumière

Cachée dans le noir
Je n'ose plus sortir
J'ai peur du miroir
Et de l'avenir

Plus tard j'apprendrais
À danser sous la pluie
Quand je serais libérée
De ce profond mépris

Mes bourreaux

Face à moi
Mes bourreaux sont debout
Hélas je les voix,
Ils me mettent à genoux

J'ai du mal à me relever
Sous leurs regards de biais
Je voudrais hurler
Ils sont sans pitié

Ils m'épient dans ma lutte
Et plus ils deviennent forts
Leurs visages hirsutes
Se parsèment d'or

Je voulais juste une vie,
Une vie tendre et sereine
Mais ce ne sera pas ici
Que je serais souveraine

Mes monstres sont vivants
Mais seulement dans ma tête
Maintenant j'ai plus le temps
De réparer mon être

L'isolée

Je les entends toujours rire
Et à l'intérieur de moi
Tout se déchire
Puis se disloque parfois

Le meilleur des rôles
Que je n'ai cessé d'endosser
D'un seul coup se désole
Par la prisonnière isolée

Cessez vos rires
Tournez les yeux
Il y a pire
Qu'un homme heureux
Il y a la fidèle
Qui a perdu ses ailes

Envahie dans mon esprit
Tétanisée par la peur
Tout le monde se méfie
Je veux faire partie des leurs

Alors j'enfile mon casque
Qui cache mon visage
Je me noie dans les vasques
Spectatrices des naufrages

Je voulais juste être normale
Qu'on arrête de m'épier
Comme un monstre dans une étale
L'instinct humain est de se moquer

L'arbre

Pour un instant de déraison
Faut-il tout laisser à l'abandon ?
Pour une bouteille de whisky
Faut-il dire adieu à la vie ?

Tu ne fais jamais dans le moyen
Tout doit être intense et vilain
Alors quand tu souffres à l'excès
Il est trop tard pour regretter

Tu dis que c'est parce qu'ils te volent
Autour de toi, tous se désolent
Que tu ne sois pas plus futée
Plus autonome ou moins vexée

Tu les écoutes pourtant, tu sais
Qu'ils détiennent ta liberté
Tu ne retrouveras ton estime
Quand tu auras creusé la cime

De l'arbre qui a poussé en toi
Un peu cassé et pas très droit
Qui n'a pas su remplir le vide
Qui abîme ton cœur livide

Et qui fait saigner tes artères
Qui peint en rouge l'adultère
Mais continue d'y croire
Les aimer c'est l'espoir

Ivre de désespoir

Qui a laissé mûrir
Le monstre qui me décore
Maintenant il doit mourir
Sauf qu'il est dans mon corps

D'abord anorexique
En plein état de grâce
Précieux corps rachitique
Puis redevenue grasse

La puissante peur du vide
Ou celle du trop rempli
Je ne verrais pas les rides
Qui marqueront ma vie

La honte des bras rougis
Et celle du cœur trop gros
La honte de ma survie
Que je porte comme un fardeau

Ne pas savoir choisir
Entre vivre ou mourir
Jouer à l'équilibre
Sur un fil qui s'étire

Le monstre a pris le pouvoir
Elle veut marquer l'histoire
Mais s'empêche de le voir
Ivre de désespoir

Les Bombes

Le monde baisse les armes
Tous font couler les larmes
La planète est malade
Pour vous ce n'est qu'une tirade

L'espoir s'envole au loin
Et tous ne sentent plus rien
Après tout c'est un risque
Puisqu'ici tu existes

La peur est reine en toi
Quand s'écroulent les toits
La tempête est passée
Et des vies déchirées

On appelle ça l'écologie
Mais c'est une plaisanterie
Certains l'ont bien compris
Et ne mangent plus de vie

Les actes sont des bombes
Sous les décombres tu tombes
Le ciel se teint de gris
Les arbres sont amaigris

Poupée vulguaire

Faire fuiter les mots
Sur papier à carreaux
Ne plus avoir en tête
Que l'idée de la défaite

L'échec et l'abandon
Ne sont qu'illusion
Un jour l'étoile du soir
Niera ton désespoir

Je suis lasse de me plaindre
Mais que tout ça est pingre !
Les gens haïssent ma vie
Moi je trouve ça joli

Je suis une vulgaire poupée
Qu'on adore déchirer
Je me détruis assez
Pas besoin d'être aidée

Mais le monde est dangereux
Comment y être heureux ?
Alors je bois des litres
De ce pur élixir

Raccroche-toi à la vie
Des belles choses, tu jouis
Cesse donc ta mascarade
Et fuis la débandade

L'étoile du soir brille
Et l'odeur de vanille
Elles sont à tes côtés
T'es plus seule désormais

Société Démolie

Je n'ai pas eu le courage
D'accepter tous les rouages
D'une société démolie
Par la luxure et l'envie

Vivre de normalité
Sans une once de liberté
Juste pour entrer dans le moule
Alors qu'au fond tout s'écroule

Lorsqu'on sort des normes
On nous assigne des cornes
C'est le rejet qui domine
Autour de toi, tous ruminent

La différence est une force !
C'est une sorte d'amorce
D'un bel écrit sans pudeur
Seule nous guide la ferveur

Oublie les insultes de l'humain
Admire le regard de tes chiens
Elles sont près de toi quand tu dors
Quand la détresse fait corps à corps

Le chien est le seul à comprendre
Et tu ne veux pas finir en cendres
Crois-moi, il sait rendre beau
Le silence d'une société de maux

Terreurs extérieures

Il y a dans la banalité
Un ennui intérieur
Il y a dans la banalité
Un manque de couleur

Tous de bons petits gens
Qui marchent droit, en rang
Ils hésitent à jeter la pierre
À celui loin derrière

L'ordinaire n'a pas d'âme
Et tout est bien trop calme
Tant besoin de débris
Pour faire renaître l'envie

La petite fille en vie
Est ivre de tant de bruits
Elle ne voit plus le ciel
Son corps semble irréel

Comment rester banale
Quand la nuit vous fait mal
La terreur extérieure
Consume ton intérieur

Le corps

Le corps que je délaisse
Ne m'appartient plus du tout
Je désire ce qu'on blesse
En l'assénant de coups

Le reflet du miroir
Ne fait que m'enterrer
Et terrée dans le noir
Je cesse d'exister

Puis pourquoi vient le jour ?
Pour qui devient sauvage
Un cri violent et sourd
Réveille une sombre rage

Moi qui me suis tant cachée
Derrière un corps blessé
Je me suis acharnée
La note est fort salée

Mais que devient l'enfant
De ces années nuisibles
Il espérait tellement
Ne plus être invisible

Je n'ai pas su grandir
Je n'ai su que ternir
L'image de tous ces rires
À chacun de mes soupirs

Le corps comme une bombe
Menace de tout détruire
J'ai préparé ma tombe
Il n'y a plus d'avenir

État Limite

Le tonnerre hurle dans les jardins
Je m'éprends comme une condamnée
Et si je ne voyais jamais demain ?
Mon monde s'est si souvent brisé

Je marche sans aucune retenue
La maladie est mon armure
Oh, et si seulement j'avais su
Qu'aimer les êtres serait si dur

Je rêve souvent de m'envoler
Quitter cette rage, cette pudeur
Parfois je me prends à penser
D'une existence tout en couleurs

Et pourtant je n'ai plus envie
D'abandonner la maladie
Je ne veux rien sentir
Autre que l'ardeur de mes désirs

Les émotions comme sur un fil
À la limite de l'érosion
Ma colère gronde, puissante, virile
C'est elle qui choisit la passion

L'avenir comme un trou béant
Je n'ai plus envie d'y faire face
Je veux tant consoler l'enfant
À qui on a tant fait de crasses

État Limite comme une promesse
D'une guérison par l'écriture
Exprimer l'amas de faiblesse
Dans un carnet, dans un lieu sûr

Idéaux

Obligée, confuse à montrer
Ce qui attise la méchanceté
C'est tellement naturel de naître
Mais plus facile de disparaître

Tous s'obstinent à des idéaux
Mais tout ça sonne tellement faux
Car les gagnants sont les méchants
Me défigure parfois à sang

Ce reflet que je ne veux plus voir
Je me cache seule dans le noir
Je regrette naïvement l'image
D'la fille timide, un peu trop sage

Ce corps entier que je renie
À coup sévère d'anorexie
Rêvant de muscles, mâchoire carrée
Corps effacé tant fantasmé

Je refuse d'être une chimère
Mais je veux vivre à ma manière
Parfois les sombres contours
Le rendent un peu moins lourd

Parfois rouillé et un peu sale
J'exalte à lui faire du mal
Quand mon regard inonde l'espace
J'enfile d'abord ma carapace

Relève la tête

Les éditions ECHO Éditions s'inscrivent dans une démarche de partage, afin de donner à tout un chacun la possibilité d'écrire et de promouvoir son œuvre, quel qu'en soit le genre :

- Roman, thriller
- Témoignage
- Société
- Technique & scientifique…

Plus d'informations ou envoi de manuscrit : www.echo-editions.fr

ECHO Éditions, partenaire de l'Alsace

Dépôt légal : mai 2019

Imprimé en France
FROC031106011020
25265FR00006BA/42

9 782381 020808